虹

——White Goat

暗夜をゆく白き肢《あし》
藪のなか　カロンの小径

楡《にれ》の木かげで　ダルマサンガコロンダ
かくれたままの　きみの居場所を
ここまで探しにきた日

Cat
Elephant

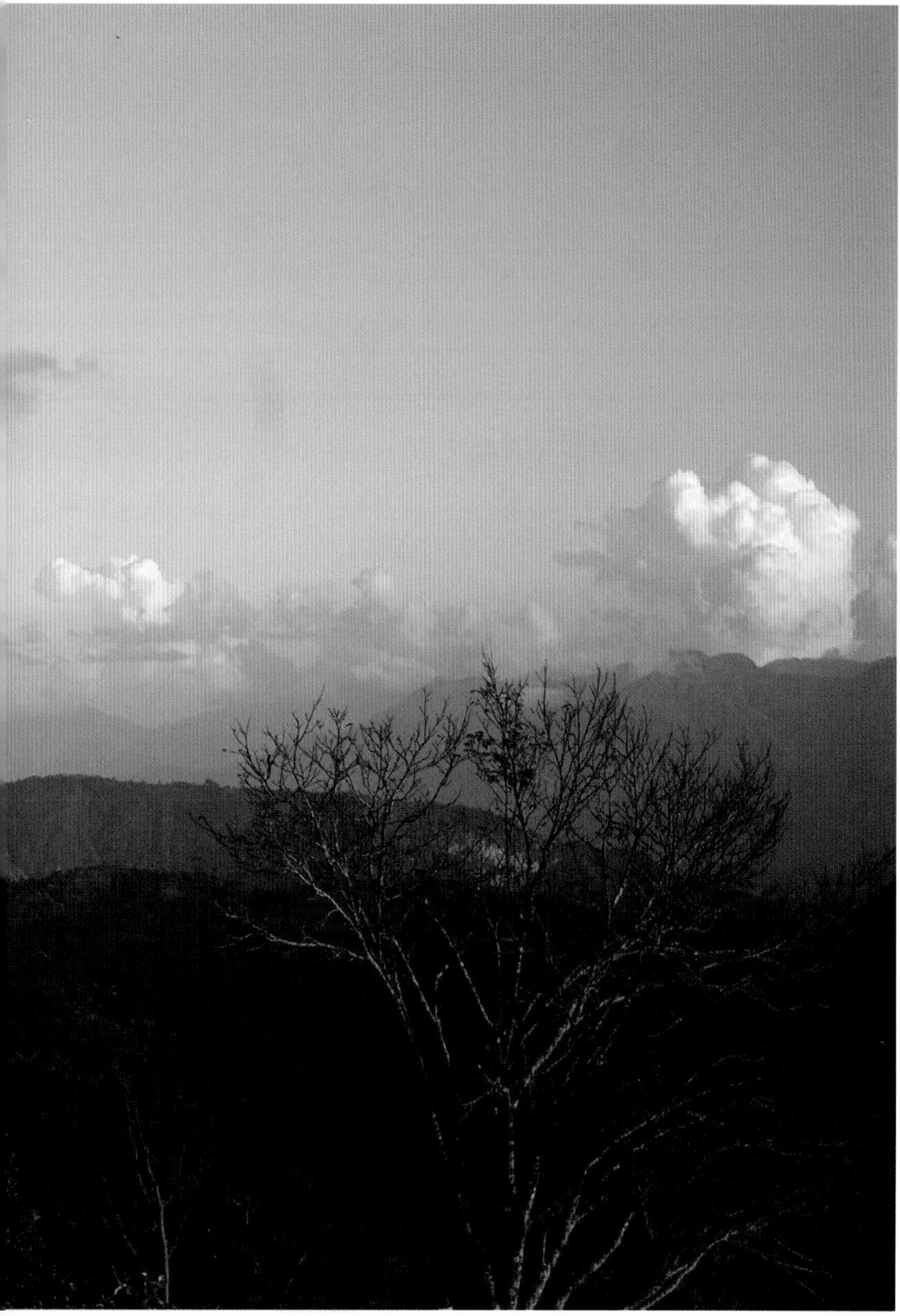

柄杓の水に星が宿る　柵のむこうでためらう鳥よ
おそれずに飲みにおいで
呼びはしない　地上の国でつけた名など

凧とかがり火

見えない糸が
風に鳴る
こどもたちの
澄んだ口笛のように

手繰りよせても
とどかぬもの
永遠に　漂いやまぬものよ

川辺で
輪をつくろう
ひざ小僧を照らし
赤く燃える火

地上で
つながる手と手
熱く　ゆるやかに流れる歌よ

少女たちは　機を織る
経糸がよろこびを　緯糸がかなしみを
その細き指先　宙《そら》の布

雲の舟が　空をゆく
遠い昔に遊んだ汽車が
かろやかに　大地を走る

星座

とっくに　もう
塗りかえてしまった天井の
蛍光シール　あれは
どうやってつけたのだったか
ペガサスや　カシオペヤが
光っていた
窓から　じょじょに
しのびこんできた夜明けの

ならんで寝ていた
小さきものの　胸の鼓動に

空に結ばれた
しあわせの意味に

何年もたってから
つらぬかれることがある

あの部屋を
もう一度　つくろう

あの星ぼしを
もう一度　さがそう

Story 虹

枕元で携帯電話が鳴っている。

夢を見ていたわたしは、その光景をあたまにはっきりと映しだしたままでいるのに、電話に出るために少しでも体を動かせば、光景はたちまち薄らいでいくことを知っている。さらに相手と話をはじめてしまえば、ちぎれ雲が一瞬のうちに消えるように、跡形もなくなるだろう。

体と意識をなるべく動かさないように細心の注意を払いながら、雑用でかかってきた電話の話を終える。それからまた目を閉じて、夢の光景をゆっくりと思い起こしてみる。

このうえなくシンプルな、美しい夢だった。

どこかの線路わきのような場所に、老人が小さな子を抱いて立っていた。二人の横にこどもの母親らしい女がいた。三人で電車を見にきたのだろうか。

虹が見える、と女が言う。おかしなことに肉眼で見るのではなくて、手にしたスマホの画面で見ているのだ。なぜだろう、とさらに言う。この虹はいったいどうしたことだろう、というニュアンスだ。老人はわからないというふうに首を振り、虹の色はいくつだ、と聞きかえしてきた。

夢の話をいくら熱く、やるせなく語ってもしかたがない。

おもしろいことと言えば、虹の色をたしかめるために、女が高くかざしたスマホの画面を指で押しひろげたことだ。すると、虹は七色どころか、たくさんの色のグラデーションをこちらに流れ落としてくる。虹というより、滝のようだ。それは液晶画面のものなのか、真に空からくるのかも判別がつかない。

すごいよ！　と感嘆するのは女ばかりで、二人はただにこにことそれを見あげているのだった。そのきよらかな気配は、夢がつねにそうであるように、彼らがもうこの世にはいない者たちであることを、暗黙のうちに伝えている。

おもえば、あれはわたしの父と幼い息子だった。

やがて線路わきにひとり取り残された女は、このわたしだ。

ところで、夢のなかでしぶくように流れ落ちてきたあの虹は、何を告げていたのか。

それは、まもなくわかるだろう。

あの日が、彼らの訪れのはじまりだった。

小径から蔦のからまる階段の踊り場を、すばやく往復するこどものことを、老人はだれよりもかしこい子だと満足している。これができる子はそういない。子の母親である女の目がたまに涙で曇るとき、老人はしわがれた声を女にとどける。おまえの目は節穴かい……。

二人がいっしょにいることはわかっている。森の小径を、いつも連れ立って散歩しているのだから。道ばたで珍しい植物を見つけると、母さんに知らせな、と老人が提案する。それでこどもが、智恵をしぼってその方法を考えるのが定石だ。

女が街の公園で、奇跡のように輝くつぶらな樹の実に出会ったのも、こうしたわけだ。黒蝶真珠をみっしり寄せ集めたようなそれは、今までだれも見たことない姿かたちをしていた。

ある日、こどもは不思議な楽器を手に、女のもとへやってきた。

シンバルでも銅鑼《どら》でもなく、トライアングルともちがう。両手から同時にたくさんの音を鳴らせるものだ。

ぎんねず、というコトバが空気をふるわせた。くわぞめ、はいじろ、あおくちば……半紙に滲んだいくつかの墨文字のなかから、それが一つだけ浮きあがってくるように。深い知らない場所から匂いたってくるように。

コトバの残響は、いつまでもつづいた。

彼らだって、はじめから答えを持っているわけじゃない。

世界は一枚の皮膜でつながっていることを、綾なすいのちの意味は思いのほか真っすぐであることを、ただ少しだけ先に知っているにすぎない。

こどもがまだこの世にいたころの、そして、もしかしたらあれを「永遠のひとかけら」と呼んでもいいのではないか、と思えるような二つの光景を、女は持っていた。

一つ目は、午後の砂場だ。

こどもは、ロンパースと揃いの帽子をかぶってすわっている。

自分と同じ、歩きはじめの幼児たちが遊ぶのを、悠然と見ている。帽子からはみ出た髪の毛がぴんとはね、黒炭のような目がこちらを振りむく。丸い顔立ちの微笑むでもなく、だが温もりに満ちた一瞥《いちべつ》を、女は受けとる。

もう一つは、それから何年も後のこと。

真新しいランドセルを背負ったこどもが下校してくるのを、女はマンションのベランダから見おろしている。少し年長の子が、自転車にまたがってすぐ後ろをついてきている。近所の養護学校に通う子だ。

するとどこからか、数人の上級生たちが現われて行く手を塞ぎ、自転車の子を威嚇しはじめる。こどもは無言のまま、にかりと笑って両手をひろげ、運動靴の爪先を上級生たちに向かって、地面につよく叩き鳴らす。

彼らは、こどもが後ろの子の楯になっているとは気づかず、ただ怪訝そうに顔を見合わせて散らばっていく。

ランドセルのバックルがきらりと輝き、白い運動靴がおもむろに地面を歩きだす。その横を、自転車はゆっくり蛇行しながら進む。まるでなにごともなかったかのように。

頬を打つ一陣の風のような寸劇が、終わっていた。

その二つの光景を思い起こすとき、止まっていた女の時計はトクトクと動きはじめる。

女はどうして予感できただろう。一度は深く切り裂かれた自分の胸に、これほどに熱い血潮がみなぎってくることを。あの黒い眸《ひとみ》がとうの昔に到達してしまっていたものを、いまこうして知る日のくることを。

雨上がりの朝、森の葉末がきらきらと雫をたらしている。

その奥には洞窟の入口が黒く、半ば口を開けている。湿った匂いと一緒に、そこからは郷愁のようなものが、女の鼻腔に流れ込んでくるのだった。

きょう、老人とこどもの姿は見えない。

遊ぼう、ジージ。

釣竿や虫とり網をたずさえてくるこどもの呼び声で、一瞬のうちに世界の裏側へだって行ける二人だ。そうだ。洞窟は、よその惑星にまでつながる抜け道なのかも知れなかった。

球体のどこか一点から遊具をたたんで帰ってくる二人を、女は待つ。彼らがもどり、いっそうのびやかに笑いかけてくるのを待っている。

ゆっくりとした透明な太陽が真上にあがり、沼地で萎れていた花が息を吹きかえそうとしていた。葡萄いろの花びらがひらいて落ちたあと、やがてその種子も風に運ばれて、洞窟を潜り抜けるだろう。
遠い星の地に、新しいいのちの虹を架けるために。

だれが吹くのか
妙なるしの笛　草の根を
銀と濡らして

谷に隠れた蛙らは
秘密の歌を　口ずさむ
ただ　夏闇の漏斗《ろうと》の底で

祈り

あれから走るひとになった
夜明けの林を

群れたり
迷ったり
もう　するひつようがなくなった

空の破れ目から

耀う雨に

打たれては
あみほどかれながら
ただ　前へすすむだけでよくなった

銀河の岸に　坐るひと
若い眉は　何を拒《こば》む
碧玉のいろ　まだ鋭くて

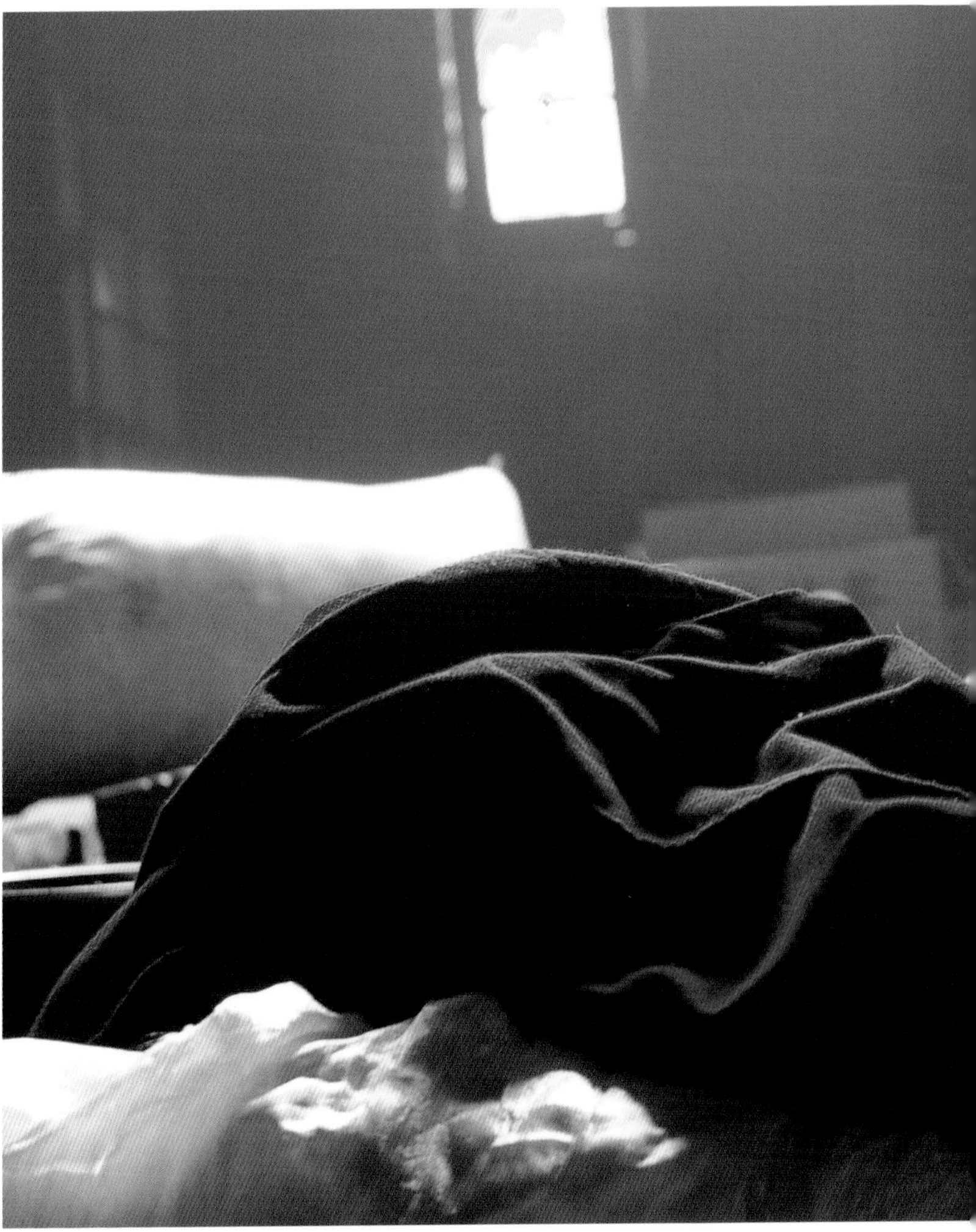

Kodak

風に訊く　故郷への道
てのひらに光あつめて
何を祈ろう　言祝《ことほ》ぎの朝

天文历算室

ヒマラヤの見えない日に

白い、
白い霧がたちこめて
村が眠っている

峠むこう
ヒマラヤの見えない日に
気づくだろう

足もといちめんに敷きつめられた
クローバーの葉
その粒粒の　編み目の

緑に籠もる
やさしい声を
聞くだろう

そして
こんな遠い旅の涯てにも
きみが同伴していることを知るだろう

郵便はがき

料金受取人払郵便

鎌倉局
承　認
6170

差出有効期間
2025年6月
30日まで
（切手不要）

248-8790

神奈川県鎌倉市由比ガ浜4-4-11

一般財団法人 山波言太郎総合文化財団

でくのぼう出版

読者カード係

読者アンケート

どうぞお声をお聞かせください（切手不要です）

書　名	お買い求めくださった本のタイトル
購入店	お買い求めくださった書店名
ご感想 ご要望	読後の感想 どうしてこの本を？ どんな本が読みたいですか？ 等々、何でもどうぞ！

ご注文もどうぞ（送料無料で、すぐに発送します）　裏面をご覧ください

ご注文もどうぞ

送料無料、代金後払いで、すぐにお送りします！

書　　名	冊 数

ふりがな	
お名前	
ご住所 （お届け先）	〒 郵便番号もお願いします
電話番号	ご記入がないと発送できません

〈ご記入いただいた個人情報は厳重に管理し、
ご案内や商品の発送以外の目的で使用することはありません。〉

今後、新刊などのご案内をお送りしてもいいですか？

はい・いりません

マルしてね！

Essay

いつまでも　あかるい

渡り廊下という言葉が、ぴったりとくる。

高層ビルの二階から螺旋階段を昇ってそのフロアに出ると、全面のガラス窓を通して光が燦々とふりそそいでいる。空中舗道をわたるように、ビジネスマンや通行人たちが往来し、ほかのビル群へと抜けていく。

二〇一九年の初夏、そこで写真展《When You Call Us ぼくらの名前を呼んでください》を開催する機会が与えられた。

新聞に掲げられた文言は、いつも太いゴチック体の文字で目に飛びこんでくる。

〈中央高速道・笹子トンネル天井板崩落事故犠牲者の写真展〉

〈息子の生きた証を――母が企画〉

それはそうにちがいない。

生前の息子が旅をして撮影してきたネパール・モロッコ・カンボジア・チベットの風景と人々の写真が、二〇一二年十二月二日の事故から七年の歳月を経て、母親の手によって披露される。通信社のギャラリーというこの場所を授かったのも、そんなわけ。

それはぜんぶあっているけれど、でも全然ちがう、という気もしていた。


最初の印象深い来場者は、下町から来たおじさんだった。

小さな工務店の経営者で、チベットの黒々とした石がころがる写真の前で立ち止まり、いまにも表面を指でなでるようにしながら、話しだす。

「これは四方石といってね、地球のマグマから噴き出る天然の石なんですよ」

長方形に伐りだされた建築用の資材に見えていたけれど、どこか力強い感じがするのはそういうことなのか、と思った。

この人は、いったい何を見にきたのだろう。

帰りの地下道まで見送りがてら一緒に歩いていると、回転扉の前でとつぜん意を決したように、胸のポケットから十五センチくらいの銀色の棒をとりだして、すすっと伸ばす。足元の床をこんこんと叩く。建造物の打音検査に使うハンマーらしい。家から持ってきたのか。

「これでやるんです。これで。人間が五感をもちいて」

トンネルの老朽化を察知できなかったあの事故のことは、一度も口にしない。

「それをやめてしまったら、この先たいへんなことになる」

ぼそっとそうつぶやくと、おじさんは深々と一礼して去っていった。

〈あの日、あの三十分前に、トンネルを通り抜けました〉

ギャラリーに置いた自由帳の紙面いっぱいに、乱れた筆跡で綴られた文章を見つけた。匿名の男性だった。

唾をごくりと呑みこむような緊張のあと、不思議とわたしにもう怖れは迫ってこない。そういうこともあるよな、と何かを反芻しつつ、その男性がここへ足を運んでくれたことに感謝していた。

時間とは何だろう。

モロッコの染物工場を見下ろす迷路の手すりに、一匹のカタツムリが止まっている写真がある。

この子は息子のカメラに一瞬おさまったのち、いったいどこへ歩みを進めていったんだろう、と、つまらないことが妙に気にかかる。

サン＝テグジュペリの『小さな王子さま』のなかで、王子さまは渇きを癒やす丸薬を売る商人と出会う。それを一粒飲むと、週に五十三分の節約になるのだという商人の話を聞いて、王子さまはこう思う。

〈ぼくだったら〉

〈もし五十三分の使える時間があれば、泉に向かってゆっくりと歩いてゆくのになあ……〉

写真展主催の挨拶を書くにあたって、何も思い浮かばなかったので、わたしは息子の好んだこの物語の抜粋を、ただ提示した。

展示写真のなかの者たちが、こどもも羊飼いも動物も、みなそんなふうに砂漠のどこかに隠されている泉を目指して、とぼとぼと歩いているように見えてしかたなかったからだ。


多くの友人たちが、右も左もわからない素人の計画したこの写真展の、実質的にはほとんどの部分を支えてくれた。

なかで、世界中の都市を撮影していた写真家の友は、自身の作品を撮るためにネパールのカトマンズへ行った折り、そこからジープを駆って七時間、息子が滞在したマイディ村を訪問した。

彼女は以前からネパール行きを計画していたが、出発直前にわたしが何気なく渡した当時の息子の旅程表をもとに、その村まで足をのばすことを現地で決めたという。

そして、彼がたどった同じ道、同じ丘、同じ家屋の柱や納屋をカメラに収めて帰ってきたのである。

マイディ村は彼が出かけた年の五年後、そして他界した年の三年後（二〇一五年）に起きたネパール大地震の震源地に近く、甚大な被害をこうむった場所だということを、わたしはそのとき初めて知った。

ホームステイした家でお世話になったおじいさん、おばあさんは幸運にも健在だったが、彼女が撮影してきた村の情景は、畦のうねりも泥濘の道も、村人やこどもたちの表情も、すべてが息子の捉え得なかった深い憂愁の光にくまどられていた。

写真展も中盤に差しかかった頃、ある高名な写真家が、思いがけなくもギャラリーを訪問してくださった。そのいきさつは二〇一三年、年明けの出来事にまでさかのぼることになる。

師走に起きた衝撃の事故をめぐるさまざまな用件に追われていたわたしが、恵比寿駅の通路の雑踏でふと目にしたのが、柱に貼られたある写真展の大きなポスターだった。

汽車の座席にすわる男の子が、口をきゅっと結んでこちらを見ている。窓枠のむこうは暗闇だ。モノクロームのその写真に引き寄せられるように、即座に会場の東京都写真美術館へ走り、わたしは眼にそれを灼きつけた。

何のことはない。こどもを亡くしたばかりの母親が、そこにわが子の幼時の面影を重ねていただけのことだった。

けれどあのときの、悲しみさえまだ訪れてきていない、夢の膜にまるごと閉じ込められてしまったような世界で、こちらに視線を送ってきたあの子は、たしかに息子だった。わたしにはそう思えた。

今まさに彼岸へ旅立たんとする「銀河鉄道」に乗りこんだ、カムパネルラさながらに。いや、それともあの子は、いったい誰だったのだろう。北国を走る五能線の窓辺で、一瞬の過去を刻まれた少年が、見知らぬ母のなかに永遠の生を取り戻す——写真とはそういうものなのか。

巡り合わせの不思議は、さらに続く。

時を経て、ある機縁からその話を耳にされた写真家ご本人が、名もない青年の遺した作品を見にきてくださったのである。

当時、メディアを駆けめぐった〈事故の犠牲者〉という言葉は、酷く、痛ましく、わたしを蒼白にした。けれど宮沢賢治は、それを体現した少年カムパネルラの死を、息を呑むばかりの豊饒な光で照らしてくれていたのだった。

「犠」の一文字のなかに、身をひそめている白い生きものがいる。それがじつは「美」の化身であることを、人はどれだけ知っているだろうか。

従妹の息子のレイジくんに、最終日の搬出の手伝いを頼んだ。

彼は中学の途中から学校へ行っていない。写真を見にいきたいけど、外出がうまくできるかわからないという。約束の時間にだいぶおくれて、どうにかギャラリーに到着した。

「何が好きなの？　学校の科目でなく、どういうものが好き？」

そう聞いてみると、

「シンプルじゃなくていい。だけどナチュラルなもの」

と、すんなり答える。

「たとえば森とか。森にはいろんな木が茂っているし、生きものたちもいます」

展示写真のなかでは、夕日に照らされたこどもたちの笑顔が好きだ、と指さした。

マイディ村の教室は掘っ立て小屋のように粗末で、ここでどんな授業をするのか、日本人なら目を疑ってしまうほどだが、壁いっぱいに動物やサッカーボールの絵が描かれ、こどもたちの豊かな時間が伝わってくる。

彼らがたどる下校の途中の道すじにも、はるかに望む山々の麓にも、「王子さま」が夢みた、あの清らかな泉が隠されているにちがいない。

「つぎは、始まりから手伝って」

と声をかけると、彼はそっと小さくうなずいた。

光速は一秒間に三十万キロ、地球を七周半する。

その光が一年通過して一光年。何億光年もの宇宙から見たら、ひとの一生なんて針で突いた点にも満たない。わたしたちの生が一瞬でもずれていたら、この渡り廊下を歩く人たちとも会うことはなかった。

〝他者のなかに在る人間〟ということに、思いを馳せる。動き、生活し、行なっていることの一つ一つが、最近、別の人の出来事のように感じられている。若いときからそれはあったし、だれにもあることだろうが、その時間が途切れることなく続くのは、自分にはここ数年のことだ。

その奇妙な感覚を〝喜び〟と名づけてみる。他者のなかで、たがいに未来の一部となって生きつづけることが〝喜び〟でなくて何だろう、とふと思うのだ。

五月いっぱい続いた展示が、もうすぐ終わろうとしていた。

いつまでもあかるい渡り廊下で、写真の前に立つ人たちは、肩の力をそっとおろしていた。鞄を床に置いて佇む、通りすがりのビジネスマン。どうしていいか途方に暮れ、ぽろぽろと泣いていた若い女性。そして、レイジくんも。

最後は、みんな笑ってくれた。

「僕もうあんな大きな暗《やみ》の中だってこわくない。きっとみんなのほんとうのさいわいをさがしに行く。どこまでもどこまでも僕たち一緒に進んで行こう。」

宮沢賢治「銀河鉄道の夜」から

虹 —— White Goat

List of Works

Photo

Nepal

Morocco

Story

Poetry & Prose

引用・参考

――出会いの本に感謝をこめて

『銀河鉄道の夜』　宮沢賢治（新潮文庫）

『小さな王子さま』　サン＝テグジュペリ（みすず書房）

『マイディ村』　由良環 × 上田達（私家版写真集・由良環発行）

『いつか見た風景』　北井一夫（冬青社）

『美について』　今道友信（講談社現代新書）

『智慧の海　インド・チベット写真紀行』　黒田康夫（日貿出版社）

『こころで読む宮沢賢治』　熊谷えり子（でくのぼう出版）

上田　達（うえだ わたる）

1985年 東京生まれ。慶應義塾大学文学部仏文科卒業。広告代理店入社後、シェアハウスでの生活を始める。学生時代からアジア各地などを旅して、写真を撮影する。
2012年 山梨県中央自動車道・笹子トンネル天井板崩落事故により他界。享年27歳。

上田　敦子（うえだ あつこ）

1956年 東京生まれ。日本女子大学文学部国文科卒業。出版社でフリーの校閲者として働く。

上田達写真集『PYRAMID SONG アンコール遺跡をゆく』（青山ライフ出版 2016）、『紫の空』（田畑書店 2017）、『幸せへの道案内人　葉祥明の世界』（共著・でくのぼう出版 2021）を上梓する。

写真展『WHEN YOU CALL US　ぼくらの名前を呼んでください』（共同通信本社・汐留 Gallery Walk 2019）、『HEIMA ―― 故郷』（銀座奥野ビル・ギャラリー 2020）、『PHOTO & PAINTING』（上田達 × 中村友紀二人展 同上 2023）開催。

虹 ―― White Goat

2024年 3月 3日　初版　第一刷 発行

写　真　上田 達

詩・文　上田 敦子

装　丁　熊谷 淑德

発行者　山波言太郎総合文化財団

発行所　でくのぼう出版

神奈川県鎌倉市由比ガ浜 4-4-11

TEL　0467-25-7707

ホームページ　https://yamanami-zaidan.jp/dekunobou

発売元　星雲社（共同出版社・流通責任出版社）

東京都文京区水道 1-3-30

TEL　03-3868-3275

印刷所　シナノ パブリッシング プレス

Printed in Japan.

ISBN978-4-434-33703-1